한 번쯤
미쳐 보면
안다

한 번쯤 미쳐 보면 안다
이태규 제8시집

초판 인쇄 2025년 02월 25일
초판 발행 2025년 02월 28일

지은이 이태규
펴낸이 신현운
펴낸곳 연인M&B
기 획 여인화
디자인 이희정
마케팅 박한동
홍 보 정연순
등 록 2000년 3월 7일 제2-3037호
주 소 05056 서울특별시 광진구 자양로 73(자양동 628-25) 동원빌딩 5층 601호
전 화 (02)455-3987 팩스 (02)3437-5975
홈주소 www.yeoninmb.co.kr
이메일 yeonin7@hanmail.net

값 15,000원

ⓒ 이태규 2025 Printed in Korea

ISBN 978-89-6253-595-2 03810

한 번쯤 미쳐보면 안다

이태규 제8시집

연인M&B

시는 만인의 공통언어가 아니다
단 한 사람을 위한 맞춤 언어이다
이 책 속의 언어가 비바람을 만난 당신에게
요긴한 맞춤 언어가 되었으면 좋겠다.

2025년 봄
지록당에서

/ 제1부 /

산

601

힘들고 어려울 때는 하루살이를 생각하자,
하루살이에 비하면
우리는 얼마나 많은 기회가 있는가?

602

철길에는 두 개의 길이 있다
하나는 세상의 길이고, 하나는 나의 길이다

603

어려서 몸에 생긴 깊은 상처는
나이와 같이 자란다, 마음도 그렇다

604

가족이란
편 들어주는 사람이 모인 곳이다

605

겉치레하려는 마음이 거짓의 시작이다

606

뒤따라가는 것이
수치스러운 일은 아니다,
아무 생각 없이 뒤따라가는 것이
수치스러운 일이다

607

젊은 청춘들아 망설이지 마시라!
당신의 배우자는
돈 많은 사람이 아니라 참된 사람이다

608

아무리 빛나는 별이라도
어두운 구름에 가리면 빛을 잃는다

609

수도꼭지는 많이 틀면 물이 많이 나오고
마음을 많이 열면 고운 말이 나온다

610

돈에 유혹당하면 파멸하기 쉽다,
돈은 사람을 살리기도 하고 죽이기도 한다

611

물에서 자란 미나리는 부드럽고
땅에서 자란 미나리는 깔깔하다

612

수십 마리의 반딧불이가
한 개의 등불보다는 어둡지만
한 마리의 반딧불이가
수십 개의 등불보다 아름답다

613

남이 겪는 고난 정도는
나도 겪어 낼 수 있다는 결의가 있으면
위기를 극복하는 데 큰 힘이 된다

614

보통 사람의 가슴속에도
놀부와 흥부가 함께 산다

615

말 잘하는 사람보다
잘 말하는 사람이 좋다

616

농담과 진담을 구별하지 못하거나
농담을 농담으로 듣지 못하는 것은
상대방에 대한 배려가 부족하기 때문이다

617

예수님에게 주일이 있듯이
하루 정도 자기의 날을 만들면
세상에 끌려가는 자기를 발견할 수 있다

618

자루에 물건을 많이 넣으려면
꾹꾹 눌러야 하듯
마음을 다스리기 위해서도
꾹꾹 눌러야 한다

619

비판받는 것을 두려워하지 말라,
비판받는 것보다
당신은 훨씬 많은 장점이 있다

620

착하고 고운 여자가
아내여서 고마웠다고 유언할 수 있다면,
아내는 최고의 찬사를 받는 것이고
남편은 최고의 생을 산 것이다

621

지혜로운 자는 세상을 깊이 생각하고
어리석은 자는 가볍게 생각한다

622

세상에는 자기와 같은 사람은 없다,
그래서 자기가 갈 길이 있다

623

지금도 밥 굶는 사람이 있느냐고 묻는다
그렇다, 바로 우리 옆에도 있다

624

혼자 걷는 길에는 외로움이 있고
둘이 걷는 길에는 이야기가 있고
셋이 걷는 길에는 웃음이 있고
함께 걷는 길에는 행복이 있다

625

무심히 있는 시간은 죽은 시간이고
무언가 하는 시간은 살아 있는 시간이다

626

웃음꽃이란 일시적인 웃음이 아니라,
얼굴에 지워지지 않는 표정이다

627

바람이 불 때는 부는 대로
불지 않을 때는 않는 대로의 생활이 있다

628

세상이 늘
내 편에 서 있을 거라는 생각은 착각이다

629

명예 회복이란 자기의 노력이 아니다,
이미 세상이
명예 회복시킨 결과를 확인하는 과정이다

630

음식을 많이 먹고도 속이 편안한 것은
몸과 마음이 편안한 상태라는 뜻이다

631

일에 권력에 명예에 취해 있을 때를 조심하자

632

사람의 상상력은 세상에 존재하는
모든 현상 이상으로 일어난다

633

남이 하는 일이 잘 되었다고
무작정 모방하다 보면 실패하기 쉽다

634

비굴한 자의 침묵은
변명하는 자보다 더 비굴하다

635

봉사하다 보면
여행자의 마지막 날 지갑처럼 가벼워지지만
보이지 않는 보상이 따라온다

636

세상에서 가장 외로운 사람은
홀로 서 있는 나무 한 그루 같다

637

활달한 사람이나 소심한 사람이나
지나친 조바심이 문제가 될 수 있다

638

사랑의 시작은
상대방을 이해하는 것부터 시작된다

639

돈을 벌 수 없게 되면
자기의 능력이 끝났다고 생각하기 쉽지만
당신은 그렇지 않은 많은 능력을 가지고 있다

640

늘 잠을 잘 자던 사람도
너무 기쁜 일이 생기면 잠을 자지 못한다

641

현대인들은 몸에 안 좋은 삶을 살면서
약 한 봉지로 해결하려는 심리가 있다

642

아무리 많은 친구가 있는 사람이라도
한 사람의 적대시하는 친구가 있다면
행복한 사람이라고 할 수 없다

643

세상에는
일어나지 말아야 할 일이 많이 일어난다,
때로는 그 일이 세상을 정화하기도 한다

644

아주 작은 성과라도
귀하게 여기면 행복이 되고
이를 하찮게 여기면 불행이 된다

645

설탕을
자꾸 먹다 보면 이가 썩을 수 있듯이
세상의 달콤함에 취해 있다 보면
인생이 썩는다

646

세상에는
돈은 많은데 마음이 가난한 사람이 있고,
돈은 없는데 마음이 부자인 사람이 산다

647

비닐은 햇빛에 녹지만
세상의 나쁜 일들은 햇빛에 녹지 않는다

648

걱정한다고 불행이 사라지지 않고
분개한다고 행복이 찾아오지 않는다

649

덕을 쌓는 일이 어려운 일은 아니다,
이웃과 잘 소통하며 지내는 것이
덕을 쌓는 첫 번째 길이다

650

24시간 해가 뜬다면 사막이 된다,
비도 오고 바람이 불어야
나무도 자라고 꽃도 핀다

651

세상에는 재능이 뛰어난 사람보다
그렇지 않은 사람이 많다,
그래서 세상은 살 만하다

652

낯은 종종 씻어도 부끄럽지 않을 수 있지만
마음은 매일 씻어야
겨우 부끄러움을 면할 수 있다

653

함부로 하는 말에서도
건질 말이 있다는 것은
남의 말을 귀담아들었다는 뜻이다

654

하루살이 한 마리를 살려 주어도
성취감은 생긴다

655

자기의 노력을
보상받겠다는 생각을 하지 않아도
언젠가는 보상이 찾아온다

656

밤은 새벽을 준비하는 침묵이고
낮은 소멸을 예고하는 계시이다

657

친구는 선한 영향력이 미치게 하는 사람이다

658

1년이 31,536,000초라고 생각하면 길고
1초씩 돌아가는 초침을 보면 빠르다

659

돈이 없다고 불평할 일은 아니다,
세상은 돈 많은 사람이
좋은 시설을 만들어 놓는다

660

남의 말에 휘둘리고 살다 보니
내 인생은 어디로 가고
남의 인생을 산 것 같다

661

너란 녀석 가만 안 둘 테다,
네가 내 가슴에 시퍼런 불을 지른
상사화란 말이지

662

풍경 소리가 청량하다고 하나
가을밤 홀로 우는
귀뚜라미 소리만큼 청량하지는 않다

663

여름밤이 짧다고 해도
짝을 잃은 기러기에게는 너무나 길고
겨울밤이 길다고 해도
원앙에게는 너무나 짧다

664

자기가 어리석은 줄도 모르고
어리석은 짓을 하는 사람은 그렇다 치고
자기가 똑똑하다고 생각하면서
어리석은 짓을 하는 사람은 어떤 사람인가?

665

녹차는 가을 운무를 먹고
맛이 여문다,
사람들은 가을에 모여 앉아
담소로 여문다

666

낙엽이 절망이 아니라
희망이라고 읽을 수 있는 것은
경험을 통해서만 얻을 수 있는
깨달음이다

667

성공한 사람의 경험담보다
실패한 사람의 경험담을 듣는 것이
인생을 설계하는데 도움이 된다

668

사람답다는 말은
깨닫고 실행할 때
들을 수 있는 말이다

669

도시는 내 손에 갈퀴를 달게 하고
눈에 불을 켜게 하고
주머니를 자꾸 확인하게 한다

670

같은 길을 날마다 걸어도
지루하지 않은 것은
산천이 매일 변해 주기 때문이다

671

나이가 들어갈수록
등 뒤에서 들려오는 소리에
귀 기울일 필요가 있다,
벼슬한 사람들은 더욱 그렇다

672

세상이 다양한 만큼
다양한 사람들이 내게 다가온다,
그래서 평정심을 잃지 말아야 한다

673

세상에서 우리 아기 옹알이만큼
아름다운 소리가 있을까?

674

누구의 마음을 얻으려면
설득보다 호소하는 편이 낫다,
설득은 오히려 거부감을 줄 수 있다

675

고향에 살면서도
마음은 타향에 사는 사람이 있다,
그런 사람은
어디에 살아도 고향은 없다

676

욕심과 유혹이 결합하면
방심하게 되고
방심은 사고로 이어지기 쉽다

677

음식의 맛은
추억을 불러오는 마력이 있다,
허풍쟁이도 불러온다

678

넓은 바다에 떠 있는 배는
가는지 서 있는지
알 수 없을 때가 많다

679

밥솥에 불이 과하면 밥이 타고,
인생도 과하면 삶이 탄다

680

당신과 견해가 다른 논리에 집중하라,
그곳에 당신이 찾는 길이 있을 수 있다

681

바다에
물이 없으면 바다가 아니다,
육개장에 고사리가 빠지면
육개장이 아니다

682

어려운 시절을 만나니
넉넉했던 시절에
얼마나 게을렀던가를 깨닫게 한다

683

사람들은 돈이 많다고 자랑하지만
늙음 앞에서는 한낱 종잇조각이다

684

지금 와서 생각하니
젊었을 때는
별일도 아닌 일로 참 많이 싸웠다

685

관심을 가지고 살다 보면
쓸모없던 물건도
요긴하게 사용할 때가 생긴다

686

만드는 것은 아무것도 아니다,
그렇게 만들 생각을 해낸 것이
대단한 일이다

687

힘든 일이
생길 때 고민만 하면 근심이 되고
마음을
내려놓으면 시간이 해결해 준다

688

내일이 궁금하거든
오늘의 자신을 보라,
오늘은 내일을 키우는 잔뿌리다

689

도움과 간섭이 혼동될 때는
도움으로 받아들이는 것이 좋다

690

어리석은 자의 말 한마디는
침묵보다 못하고
지혜로운 자의 말 한마디는
천금보다 귀하다

691

젊은이에게는 긴 세월이
늙은이에게는 아주 짧은 세월이다

692

아무리 수다스러운 참새라도
밤이 되면 둥지에 든다

693

해는 어둠을 밀어내는 승리자이고
달은 어둠과 타협하는 협상자이다

694

흩어져 있는 듯 바로 서 있고
바로 서 있는 듯
흩어져 있는 것이 자연의 모습이다

695

호랑이 새끼를 훔쳐다 키우는 도둑놈은
무럭무럭 크는 것만 좋아한다

696

불가능한 일이
갑자기 가능한 일이 될 때의 기쁨을
감동이라고 한다

697

세상의 일이
나를 위해 존재한다고 생각할 때가
행복하다

698

귀를 열면
새들의 지저귐 소리도 아름답고
눈을 뜨면
밤하늘의 별도 찬란하다

699

풀을 뽑다 보면
뽑히지 않고 뚝뚝 끊어지기도 하는데
그것은 풀이 할 수 있는 최후의 저항이다

700

물고기가 미끼를 물면
낚시에 걸리기 마련이고,
낚시에 걸린 물고기는
입이 찢어지기 전에는 벗어날 수 없다

/ 제2부 /

바다

701

만족하지 않은 창작물을
과감히 버릴 수 있는 것은
창작에 대한 자신감에서만 가능한 일이다

702

남을 평가하기 위해서는
자신에게 엄격하고
남을 이해하는 너그러움이
있을 때만 가능하다

703

듬직하다는 말은
말을 가려서 한다는 것이고
상냥하다는 것은
말에 진정성이 있다는 뜻이다

704

비난을 받은 날도 어제이고
칭찬받는 날도 어제라면,
오늘은 새날이다

705

피검사를 하면
모든 건강상태를 다 알 수 있다고 한다,
피검사로 양심도 볼 수 있다면 좋겠다

706

삶은 혼자 앞서가는 길이 아니라
함께 손잡고 가는 길이다

707

어머니가 화장장의 화구로 빨려 들어갔다
불은 삽시간에 모든 걸 태웠지만
우리 어머니는 태우지 못하고
엄마꽃을 피워 냈다

708

자식 사랑한 만큼
효도하기란 어려운 일이지만
세상에는 그렇게 하는 사람도 있다

709

형제가 많으면
자연스럽게 사회성을 배울 기회가 된다

710

책을 읽지도 않고 예단하는 것은
저자를 욕보이는 일이고,
삶을 예단하는 것은
생을 욕보이는 일이다

711

세상은 배워야 할 것과
배우지 말아야 할 것이
함께 있는 공간이다

712

아이가 어렸을 때부터
부모와 함께 목욕하는 것은
신뢰 관계에 영향을 준다

713

이웃 간에도 부러워할 일과
부러워하지 말아야 할 일이 있다

714

부끄러운
일은 아무리 감추려 해도
부끄러운 일이다

715

자기도 그렇게 생각하지 않으면서
그런 것처럼 말하는 사람을 경계해야 한다

716

순수한 사람은
스스로 부패하는 것을 알고,
교활한 사람은
자기가 썩어 가는 것도 모른다

717

생각의 충돌은 다툼을 일으키지만
창작과 발명을 하게도 한다

718

부부는 다른 얼굴로 태어났지만
같이 살아가면서 닮아 간다

719

도둑은 남의 마음까지 훔쳐 간다

720

늘어 가는 자기를 사랑하자,
수천 개의 옳고 그른 일을
잘 타협하며 살아왔지 않은가?

721

하늘은 사람을 보고 재물을 준다,
나쁜 사람에게는 주었다가도 뺏어 간다

722

좋은 나라는
보편적 국민의 보편적 인식과
보편적 문화를 가진 나라이다

723

새로운 일은
특별한 성취감도 함께 맛보게 한다

724

지혜로운 사람은
효도할 나이에 효를 하고
어리석은 사람은
효 받을 나이에 효도를 생각한다

725

무능한 지도자는
아랫사람의 능력을 경계하고
유능한 지도자는
아랫사람과 함께 성장한다

726

마음은 본심과 허심이 사는 공간이다

727

배곯는 사람들을 위해서
코끼리나 하마가 먹는 잡초를
식용으로 연구할 필요가 있다

728

적을 방어하기 위해 쌓은 성벽에도
출입문은 둔다

729

노인들이 가을을 좋아하는 것은
맑고 청명한 하늘 때문이다

730

건강한 몸으로 태어나면 좋겠지만
조금 부족하게 태어났다 하더라도
태어난 것만으로도 큰 행운이다

731

마음만큼 자유로운 존재가 없다,
천당에도 가고 지옥에도 가고
자신이 감당할 수 없는 곳까지 간다

732

땀은 배신하지 않는다는 말이 있지만
포기하지 말라는 격려의 말이다

733

몸과 마음이 삶의 밑바닥에 있을 때
상대방의 말은
깊은 상처도 되고, 깊은 감동도 된다

734

엘리베이터를 함께 타는 것은 멋진 일이다,
한 시대를 함께 사는 귀한 시간이다

735

선물은 받는 사람이 좋아할수록 좋고
말은 듣는 사람이 좋아할수록 좋다

736

많은 것을 가진 사람은
내게 신경 쓸 시간이 없을 것 같아서
보통사람만 사귀며 살기로 한다

737

쓰레기장을 보면서 마음속 쓰레기도
함께 버려야겠다고 생각한다

738

사람들은 자기 몸을 자기 것으로 알고
함부로 대할 때가 많다

739

사랑은 사람을 변화시키기도 하지만
왜곡시키기도 한다

740

이웃 없이 사는 것은 불행이다

741

죽어 가는 나무도 살리기 어려운데
죽은 나무를 살리겠다는 말에
현혹되는 사람도 많다

742

아무리 좋은 칼이라도
용도에 맞지 않는 곳에 쓰면 쉽게 망가진다
지식도 그렇다

743

완벽한 것보다 조금 느슨한 사람들이
모여 사는 곳이 평화롭다

744

산꼭대기에서 내려다보니
산 아래가 아름다운데
꼭대기를 둘러보니 꼭대기도 아름답다

745

장소는 누구의 추억이 서려 있는 곳이다,
그곳은 누가 이어받아 추억을 쌓아 갈 곳이다

746

좋은 배우자를 만나는 것은 행운이다,
자기의 처신으로 행운을 이어 간다

747

인륜이 무너지기 시작한 것은
여러 가지 원인이 있겠지만
핵가족도 한 부분 역할을 한 것 같다

748

서 있을 때보다
앉아 있을 때가 시간이 잘 가고
앉아 있을 때보다
누워 있을 때가 시간이 더 잘 간다

749

아름다운 소리는
마음이 안정되어 있을 때 더 잘 들린다,
숲속에 들어가니 나무 숨소리까지 들린다

750

나무는
땅속에서 뿌리가 뻗어 가고
사람들 간에는 가지가 뻗어 간다

751

사기당한 사람은
사기 친 사람을 원망하지 말고,
자기를 믿은 것부터 후회하자

752

웃는 일은 아주 쉬운 일 같지만
가장 어려운 일 중 하나이다

753

생명의 소중함을
길가의 새싹이 가르쳐 준다

754

원대한 계획을
세우기보다 오늘을 어떻게 살 것인가를
먼저 생각할 필요가 있다

755

가난이란 보물은 나를 철들게 했고
내 발바닥을 튼튼하게 만들었다

756

기쁠 때나 행복할 때 웃지만
너무 기쁘면 눈물이 난다

757

태양은 늘 아름다움으로 하루를 마감하는데,
나는 어떤 모습으로 마감하게 될까?

758

사람들은 보고 싶은 것만 보려고 한다,
지식인은 더 그렇다

759

돈으로 산 시간은 매우 빨리 지나간다

760

뻔뻔한 사람은 자기가 옳지 않아도
마음을 바꾸지 않는 사람이다

761

마음에 없는 웃음은
얼마 되지 않아 본색이 탄로 난다

762

기술은 녹슬지 않는 칼이다,
시간이 지날수록 빛나고 날카로워진다

763

아무리 아름다운 별이라도
구름에 가리면 보이지 않는다

764

사람은 죽더라도 사람들 기억에서
모두 사라질 때까지는 죽지 않는다

765

오해는 상대를 다 알기 전에 일어난다

766

책장을 넘겨 보라,
다음 책장에는
반드시 다른 내용이 있다

767

타고난 기질은
살려서 좋을 때가 있고 죽여서
좋을 때가 있다

768

부부에게는
서로의 참모습을 찾는 노력이
의무로 주어졌다

769

어떤 시인이나
철학자도 겨울을 건너온 냉이만큼
시원한 국물을 내지 못한다

770

지금의 인연에 충실하다 보면,

다른 새로운 인연도 만나게 된다

771

마음 둘 친구를 만드는 것은
평생 숙명 같은 숙제이다

772

누가 나를 지켜보고 있다는 생각으로
살아야 할 때가 많다

773

평생 쓰던 기계와 함께
늙어 가는 것은 아주 행복한 일이다

774

계절 따라
피는 꽃은 다음 계절이 되면 진다,
사시사철 지지 않는 꽃은
웃음꽃뿐이다

775

첫사랑의 기억은
화석으로 남을 자격이 있다

776

자기가 자기를 완벽하다고 생각한다면
타인으로부터 비판받을 소지가 크다

777

시작은
무모하고 끝은 허무할지라도
오늘 사랑하라

778

겉치레하려고 하면 할수록
점점 더 공허해질 수 있다

779

찬바람 속에도 따뜻한 바람이 있고
따뜻한 바람 속에도 찬바람이 있다

780

잠을 못 자는 것은 걱정 때문일 때가 많다
죽지 않을 일이면 걱정할 필요가 없고
죽을 일이면 걱정해서 무엇하겠는가?

781

부부가 싸우면 불행하지만
부부 중 하나가 없으면 더 불행하다

782

엉뚱한 사람을 원망하기 전에
자기를 먼저 진정시키면서 살아야 한다

783

늙으면 몸이 줄고 옷도 늙으니
꺼벙해지는 것은 어쩔 수 없고
마음만이라도 다잡고 살아 보자

784

불행은
절제하지 못하는 사람에게
한꺼번에 닥칠 수 있다

785

병원에 가면
몸에서 주사기로 모든 생각을 뽑아내고
복종만 남겨 놓는다

786

오래된 공원의 숲은
그늘이 깊고 아늑한데,
나도 그런 숲처럼 깊었으면 좋겠다

787

콩은 두 쪽이다,
두 쪽이 하나로 있을 때만
움이 튼다

788

누구의 말 한마디가
평생 동행이 되기도 한다

789

젊었을 때
따랐던 유행이 지금 와서 생각하니
조금 부끄럽기도 하다

790

하루하루 기본에 충실하다 보면
자기도 모르는 사이
큰 성과에 도달한다

791

눈물은
흘릴 때 흘리고 참을 때 참으려고 해도
마음대로 되지 않는 보석이다

792

의로운 일에는
반듯이 큰 성취감이 숨어 있다

793

그림은
누가 그려도 세상에서 하나밖에 없는
유일한 창작물이다

794

인생길은
마음대로 흘러가지 않을 때가
더 많다

795

이해타산에 밝은 사람은
똑똑해 보이기는 하지만
인간적으로 보이지는 않는다

796

억지로 얻으려고 하다 보면
더 많은 것을 잃을 수가 있다

797

세상에는
감사할 일이 너무나 많은데
자기가 찾지 못해서
감사할 기회를 놓친다

798

홀로보다
함께 살면 선의가 쉽게 전염된다

799

사랑하는 그대여!
꽃밭에서 만나자는 약속을 취소하오,
꽃밭에 들어간 당신 잊을까 두렵소

800

부부는
이겨 봐야 본전이고 지면 이익이 되는
이상한 계산법이 통하는 관계이다

/ 제3부 /

나무

801

가을 날씨는 밤낮으로 변덕스럽다,
가을을 좋아하는 내 마음에
변덕이 스며들까 걱정이다

802

생각과 몸을 일치시키면
명상에 성공할 가능성이 높다

803

자기의 하루가
세상을 멋지게 만들 수 있다고 생각하면
다소 고단해도 참을 수 있을 것이다

804

하고 싶은 일만 골라서 하고 싶은데,
그렇게 살 수 없는 게 세상인 것 같다

805

동물이 느끼는 경계심은 사람보다 강하다,
사람보다 더 순수해서 그렇다

806

나쁜 사람도 좋은 꿈은 꿀 수 있다

807

젊어서 노력 없이 사는 것은
번지 없는 집을 찾는 것만큼 무모한 일이다

808

약을 함부로 먹으면 부작용이 일어나는 것처럼
생활도 함부로 하면 부작용이 일어난다

809

아이야! 잠시만 참자,
날개도 없는데 날려고 하는구나

810

혼자 죽을지도 모른다는 불안감은
평소 주변에
충분한 관계를 두지 못해서 생기는 병이다

811

집에 고양이가 없으면 쥐가 생기고
고양이가 있으니 새가 날아가고
나무 울타리에 벌레가 생긴다

812

노동은 적당히 하면 운동이 되고
운동을 넘치게 하면 병이 된다

813

집이 있고 못 먹는 것보다
집이 없고 잘 먹는 것이 낫다

814

교만한 집의 대문은 너무 견고해서
주변 사람이 엿볼 틈조차 없다

815

부산항의
불개미는 자기가 방랑아가 될 줄은
꿈에도 몰랐을 것이다

816

꽃은 아름답고
꽃 진 자리는 슬픈 희망이다

817

땅이 비를 받을 준비가 되어 있지 않으면
소나기도 그냥 지나간다

818

어려운 일은 거칠게 하면 망치기 쉽고
너무 조심하다 보면 내용도 파악하기 어렵다

819

떠돌이 고양이를 욕하지 마라,
새끼에게 제 영역을 넘겨주고
떠돌이가 되는 어미가 많더라

820

사람들은 진짜인 줄 알고 열광하다가
가짜로 판명되면 몇 백 배로 실망하게 된다

821

언젠가 후회할 거라면
후회는 일찍 하는 편이 낫다

822

독이라는 글자에서
한 획을 빼면 득자가 된다

823

어떤 꿈이나 꿀 수 있지만
꿈을 다 이루고 사는 사람은 없다

824

과일은 겉만 봐도
썩었는지 아닌지 알 수 있지만
사람은 겉을 보고는
짐작도 안 간다

825

중요한 말일수록
자기 말이 얼마나 저급할 수 있는가를
미리 생각해야 한다

826

새 차를 탈 때는
주차하고 나서도 걱정이었는데,
헌차가 되고 나니
그런 걱정은 싹 사라졌다

827

아무리 거짓말을 잘하는 사람이라도
밤나무에서 딴 감이라고 한다면
믿을 사람이 있을까?

828

사람들이 하도 흔들어 놓으니
지구도 여름인지 겨울인지 정신을 못 차린다

829

모기가 실내에서 생존할 수 있는 것은
숨을 구석이 많기 때문이다

830

자기를 늘 훈육하는 사람이
남을 가르치면 세상이 태평해진다

831

전반전 인생에 누린 행복을 감사해야

후반전도 편안해진다

832

웃음꽃이란 일시적인 웃음이 아니라
가슴속에 자리 잡은 웃음을 말한다

833

아무리 노력해도 안 될 때는
아직도 시간이 오지 않았구나, 라고
여유를 갖자

834

나보다 어려운 사람이 있는 것은
내가 넉넉하다는 뜻이다

835

동물들은 울타리 안이 풍족하면
밖을 보지 않지만
사람들은 안이 풍족하면
밖을 더 쳐다보려고 한다

836

웃음은 웃음 있는 곳으로 모이고
불만은 불만 있는 곳으로 모인다

837

바람은 미풍이 좋고
말은 진지할수록 더 정겹다

838

강물에 떠내려가는 낙엽을 보니,
그리운 사람에게로 흘러가고 싶다

839

출입문은 열어 놓아서
좋을 때가 있고, 나쁠 때가 있지만
마음은 열어 놓을수록
너그러워진다

840

마루를
쓸고 닦으니 번쩍번쩍 광이 난다,
마음도 쓸고 닦아야겠다

841

혈액검사를 하면서
작은 벌레들의 혈관은
얼마나 정교할까를 생각한다

842

사람의 이름으로
그 사람을 다 알 수 없듯이
글의 제목으로
그 내용을 다 알 수 없다

843

자연 속에 꽃과 나비가 산다,
사람들 마음속에도 꽃과 나비가 산다

844

남들이 있는 곳에서 우는 것은
그저 설움이고,
아무도 없는 데서 우는 것이
진짜 설움이다

845

하고 싶은 말 참는 것보다
하고 싶지 않은 말을 하는 것이
더 고통이다

846

조금 잘못한 사람은 고쳐 주려고 하지만
아주 잘못한 사람은 피해 가려고 한다

847

자기만 대우를 받아야 한다고
생각하는 것이 교만이다

848

뜨거운 사랑이
식은 후에 찾아오는 것은 정이다

849

이웃이 나눠 준 솔잎을 깔고
개떡 한번 쪄 봐야겠다,
어머니 생각이 절로 난다

850

종교를 말로만 믿는다면 믿으나 마나다

851

나의 생사여탈권은 내 것이 아니다,
수술 전에는 보호자가 서명한다

852

나무들은 톱 소리만 들려도 긴장하고,
톱만 들고 오는 사람을 봐도 숨소리를 죽인다

853

사랑하는 사람을 위한 고생은
사서라도 하라,
사랑은 추억으로 남는다

854

당신이 세상을 싫어한다면
세상도 당신을 싫어할 것이다

855

살면서 초인적인 힘을 기대하지 말자

856

실수는
작을수록 좋고 성과는 클수록 좋지만
큰 성과를 기대하면
큰 실수가 동반될 수도 있다

857

목적지에 도달하기 위해서 계획하지만
현실에 충실만 해도
예상 밖의 큰 성과를 얻을 수 있다

858

나무 벌레들은 위기를 직감하면
생명줄을 늘이며 땅으로 내려온다,
땅이 가장 안전한 곳인가 보다

859

혼자 사는 것이
고독을 수확하는 일이고
함께 사는 것이
위로를 수확하는 일이다

860

스스로 불완전하다고 생각할 때
발전할 기회를 얻는다

861

말은 용도에 맞게 사용하는 것이 중요하다,
오해는 늘 말 속에 숨어 있다

862

인생을 너무 어렵게 살지 말자,
살다 돌아보니 그게 그거더라

863

자식이
효도한다고 부모가 서운한 게 없을까?
부모가
사랑한다고 자식이 서운한 게 없을까?

864

떠돌이 개라고 괄시하지 마라,
어느 날 부잣집에 들어가려고 할 때
그 개가 대문을 지키고 있을지도 모른다

865

나이는 자신도 모르는 사이에 먹는다,
젊게 사는 길은
마음을 다스리는 것이다

866

누구를 사랑한다는 것은
그 사람의 세상에 들어가는 일이다

867

닭은 온기로 새 생명을 탄생시키고
사람은 온기로 진심을 얻는다

868

너나없이 세월이 빠르다고 하는데,
무엇을 애타게 기다리면 시간이 가지 않는다

869

같은 노래라도
음악으로 듣는 사람과
잡음으로 듣는 사람이 있다

870

누구를 닮으려고 하는 것은
아름다운 일이다,
그게 부모님이라면 복 받은 사람이다

871

수양버들 가지는 부드러운 바람에 잘 휘어지고
사람도 부드러운 말에 잘 휘어진다

872

일상을 내려놓겠다고 다짐하고
떠나는 여행이지만
그래도 내려놓지 못하는 게 일상이다

873

일복이
많다는 것은 밥 복이 많다는 말이다,
예전에는 최소한 그랬다

874

가르치는 사람은
배우는 사람과 함께 성장한다,
가르치면서 습득한 지식이 오래 간다

875

황금과 돌을 비교할 때
돌은 아무 쓸모 없는 것처럼 되지만
돌과 흙이 만나서 지구가 되었다

876

햇살 좋은 날
빨랫줄에 걸려 있는 빨래는 꽃이다,
꽃밭에 옹기종기 둘러앉은 가족사진이다

877

비굴하지 않은 사람은
좀 까다로워 보이지만
대부분 양심적이다

878

자기에 대한 평가는 남이 하는 게 낫고
남보다 가족이 하는 것이 더 확실하다

879

소통은
말하는 것이 아니라 듣는 것이다,
설득이 아니라 설득당하는 것이다

880

아이의 거짓말은 부모로부터 비롯된다,
무심코 나눈 대화 속에서 물처럼 스며든다

881

할 일과 하지 말아야 할 일을
구별할 수만 있다 해도
완벽한 사람이라고 평가받을 수 있을 것이다

882

마을의 모퉁이에서
동네의 내밀함이 새어 나가고
새로운 소식이 들어온다

883

마음은 자유와 부자유, 두려움과 평안함,
과거와 현재가 늘 교차하는 공간이다

884

사람은 한두 개의 그늘진 마음을 갖고 산다,
그곳이 편안할 때가 많다

885

징검다리는
건너지 않으면 안 되는 가장 빠른 길이다

886

사람이
살다 보면 아주 큰 것을 얻기도 하고
잃기도 하는 과정을 거친다

887

밤에 꾸는 꿈은 노력 없이도 성취하지만
현실의 꿈은 노력 없이는 성취할 수 없다

888

성공을 지향하는 사람들아!
앞에 산이 있다고 멈춰 서지 말자,
그 산이 마지막 산일 수도 있다

889

나무를 태운 숯을 보면
강한 나무인지 약한 나무인지 구별된다

890

나이가
들어서 보면 하나가 둘로도 보이고,
둘이 하나로도 보인다

891

말은 돈 들지 않는다고 하지만
가만히 생각해 보면
돈이 들지 않는 것도 아니다

892

어렸을 때는 배고픈 것이
그렇게 서러운 일인 줄 몰랐다

893

한번 실수한 것에도
평생 가슴에 후회가 따라다닌다

894

소나기는 질투의 화신이다,
좋은 햇살에 빨래를 말리는데
갑자기 소나기가 쏟아진다

895

늙어서 힘 빠지면
젊고 좋았던 시절을 양념 삼아 살자

896

주술가의 한마디에 평생 노예가 된다,
나쁜 말이 더 그렇다

897

세상은 막연히 기다리기만 해도
무언가를 데려다 놓고 떠난다

898

아버지의 노동은 무보수다,
아버지가 떠난 후에야 값을 치르려고 한다

899

남들은 다 잊어버렸을 것을
혼자에게만 남아 있는 기억은
기뻤던 일보다 슬펐던 일이다

900

시는 만민의 공통언어가 아니다,
단 한 사람을 위한 맞춤 언어이다

/ 제4부 /

바람

901

사람 냄새 나는 사람들이 사는 동네를
찾아가서 사는 것도 삶의 지혜이다

902

더 가까이 가고 싶지만
함부로 다가가기 어려운 곳이
사람의 마음이다

903

저수지 얼음 위에
오리 한 쌍의 발자국이 화석처럼 남았다,
뒤뚱뒤뚱 숨구멍까지 갔다

904

중2병은 중학생만
생기는 게 아니다,
40대가 되면 중2병이 도진다

905

여성과 남성의 시계는 다르다,
서로의 시간을 이해하지 못하면
똑같이 고통을 받는다

906

세상에는
어처구니없는 일이 너무나 많이 일어난다,
내가 그 속에서 산다

907

흰 머리털이 생기기 시작하는 것은
하얗게 철이 들라는 신호인 것이 틀림없다

908

낡은 옷은
절약하기 위해서도 입지만
추억이 서려서도 입는다

909

태풍 불 때 보면 안다
벌레 먹은 나무와 지나치게
세를 불린 나무가 먼저 부러진다

910

허수아비는 바람이 불어야
춤을 출 수 있지만
허수아비는 그 공을 모른다

911

앞에
뛰는 놈은 자기가 왜 뛰는지 알지만
뒤에
뛰는 놈은 왜인지도 모르면서 뛴다

912

우리를 감동하게 하는 것은
아주 오래된 기억을 잊지 않고
함께 기억해 줄 때이다

913

현대인의 고민은 벌레 먹은 나무에
옷 한 벌 걸쳐 놓은 형상에서
벗어나는 일이다

914

복잡한 세상을 살아 내기 위해서는
마음에 비상문 하나쯤은 달아 놓아야 한다

915

거짓보다 진실이 많은 삶을
행복이라 하고
진실보다 거짓이 많은 삶을
불행이라 한다

916

열쇠가 자립심을 여는 도구라는 핑계로
어린 자식의 목에 열쇠를 매달아 준 때가 있다

917

사람들이 인정하지 않는 명예는
명예도 아니다,
자기가 말한다면 오히려 수치다

918

나타낼 일이 있으면
세상이 나타내 준다,
세상이 나타내 주지 않으면
않는 대로 사는 게 좋다

919

태양은 매일 새롭게 뜨기 때문에
둥글고 따뜻할 수 있다

920

태풍은 우리의 삶을 뿌리째 흔든다,
사랑도 그렇게 왔다 지나간다

921

세상이 삭막할수록
자기가 조금 손해 보는 계산을 할 필요가 있다,
그게 잘사는 길이다

922

대나무는 온몸이 철학이다,
뿌리는 딱딱하고
줄기는 텅 비어 있지만 곧고
마디는 단단하고
우둠지는 부드럽다

923

한 번 물어보면 한 번 창피하지만
그렇지 않으면 평생 창피할 수 있다

924

노력보다 큰 성과를 기대하지 말자,
결과에 미치지 못해도
만족하고 사는 것이 좋다

925

나는 나를 알기 위해서
사진을 찍는다,
앞도 옆도 뒤도 찍고
마음속도 찍는다

926

밤은 낮을 위해
낮은 밤을 위해 존재한다,
자연의 오묘함이
밤낮으로 나타난다

927

어려운 일을 겪고 나면
오랫동안 아프다,
어려움이 극복되는 과정이다

928

제 자식만 잘되면 된다는
어리석은 생각은
자식의 미래를 불확실하게 만든다

929

빛이라고 하면 돈빚만 있는 게 아니다,
마음의 빚은 돈빚보다 더 무겁다

930

극단의 사람들이 지배하는 세상은
미래를 예측하기 어렵다

931

꽃에 열광하는 사람들아
자기가 꽃피울 때를 생각하자,
세상은 꽃필 기회를 오래 주지 않는다

932

할 수 있는 일을 해 주는 것은
자연스러운 일이고
해 주기 어려운 일을 해 주는 것이
도움이다

933

원수 같은 사람이 하는 일이라도
좋은 일이라면
받아들일 마음을 갖는 것이 어떨까?

934

일용직에 팔려가서
일당을 챙겨 주머니 깊숙이 넣고 돌아오니,
처자식이 문 앞에서 활짝 웃고 있다

935

여름 소나무는
푸른 숲에 묻혀 제값을 못하더니
겨울이 되자 아주 짙은 녹색이다

936

열매를
맺기 위해서 화려한 꽃은 떨어진다
인생도 꽃이 떨어져야 익는다

937

두더지 굴 때문에 사과나무가 죽어 간다
왜 너 때문에 내가 죽어야 하니?

938

여름밤 요란한 소나기 소리는
깊게 잠든 사람을 깨우지 못하고,
아주 좋은 말도
교만한 사람의 귀에는 들리지 않는다

939

풀잎에 이슬방울들이 영롱하다,
내 뒷발질 한 번이면 사라질 것들,
사마귀가 코웃음 친다

940

여름비나 가을비나
필요한 때 내리는 게 최상이다

941

귀뚜라미 소리 앞에
매미 소리가 사라졌다

942

흘러가는 구름 속에
추억 한 장 묻어 놓지 않은 사람 있을까?

943

밥투정하는 일은
배고픈 사람에게는 한 장의 그림이다

944

고단한 삶 속에서는
나쁜 일에 불평이 더 커진다

945

종이비행기는 띄워 봐야
날아가는 방향을 알 수 있다

946

효도하는 만큼 자식 사랑하고
자식 사랑한 만큼 효도할 수는 없을까?

947

욕심이 과하면 끝장을 보려 한다,
적당히 욕심을 내려놓는 게 잘사는 방법이다

948

걷는 것보다 달릴 때 넘어지기 쉽다는 걸
모르는 사람은 없다,
그런데 우리는 달린다

949

훈육은 스며드는 것이다,
스며드는 게 표가 나면
실패하기 싶다

950

우리는 타인을 다는
저울만 가지고 살 때가 많다

951

겸손은 표현하는 게 아니다,
자신도 모르는 사이에 나타난다

952

남들이 모를 것 같아서 모의하지만
발각되는 것은 시간문제다,
햇빛 있는 곳에 어둠은 없다

953

가난은
어리석음 때문이라고 생각하기 쉽지만
순박하고 정직한 사람이 겪는 경우도 많다

954

산 정상에
돌탑 쌓은 정성을 생각해서
무너진 곳에 돌을 올려놓는다

955

젊음 자체가 기회다,
무모한 도전도 경험을 쌓는 일이다

956

속을 끓여도
나를 대신해 아파 줄 사람은 없다
스스로 거친 비바람을 피해 보자

957

천재는 노력의 결과다, 사람들은
그 사람의 수고는 보지 않으려고 한다

958

그리움이란 가을 하늘 구름 같은 것,
흘러가기 전에 전화를 걸자

959

모든 사람이 예쁜 사립문으로
자주 드나드는 세상이면 좋겠다

960

내리막길이라고
자전거를 타고 너무 멀리 가지 마라,
돌아오는 길은 고단하고 오르막길이다

961

정직하고 근면하면
아무에게나 인정받는 사회가 올바른 사회이다

962

젊었거나 늙었거나
나의 병을 잘 아는 의사가 명의다

963

생일날 받은
가장 작고 예쁜 엽서를 펼쳐본다

964

오늘은
기적을 이루고 싶은 날이고
기적을 이루는 날이고
기적을 이룬 날이다

965

중요한 일은 농담처럼 말해서는 안 된다,
중요한 일일수록 오해의 소지가 크다

966

자신감이 없는 사람은
자기를 자꾸 숨기려 한다

967

체면치레는 예의에 속하는 일이다

968

누군가의 소원을
대신 빌어주는 것은 성스러운 일이다,
어머니는 성직자다

969

아이야! 주도적 삶을 위해서
능력과 인성을 함께 키우자

970

가정은 등받이 있는 의자이고
사회는 등받이 없는 의자이다

971

나무도 생각이 있다,
경사진 곳의 나무는 안 쓰러지는 쪽으로
굵은 뿌리를 뻗는다

972

직원은 자기가 자립할 때를 생각해서
근무하는 것이 자기에게도 남는 장사이다

973

죽은 후에는 사과할 기회가 없다,
기회는 산 자의 소유물이다

974

부탁할 때는 정중하게
거절할 때는 박철하지 않게 하는 것이
좋은 행동이다

975

뿌리는 캐 봐야 모양을 알 수 있다,
사람의 마음도 그렇다

976

자기의 의지로
행동할 수 있을 때가 행복이다,
돈으로 의지를 살 수는 없다

977

돌로 쌓은 담장은
바람구멍 때문에 잘 무너지지 않는다
마음에도 몇 개의 구멍이 필요하다

978

내가 먼저 정을 주면 정이 온다,
정도 보상 심리가 있다

979

남의 말에 귀 기울이는 사람은 신뢰가 있다,
신뢰 없는 사람은 사람을 얻기 힘들다

980

가능성을 보고 사는 게 인생이다,
확신하고 사는 삶은 그렇게 많지 않다

981

보름달은 하나인데
바라보고 비는 사람은 수없이 많다,
달이 힘들겠다

982

지도층의 생각에
오물이 가득 차 있다면
그런 세상이 정상인가?

983

갑은 조금 손해 보는 게 좋다,
모두 갑이 되는 세상이면 좋겠다

984

한 번쯤
미쳐 보지 않은 삶은 삶도 아니다

985

가정의
온기는 자손이 만들 때가 더 많다

986

사람들은 잔잔한 물결만 보고
바다가 조용하다고 생각한다
그 속에 들어가 봐야 소용돌이를 알 수 있다

987

처음 만난 사람은 의심부터 한다
의심한 것이 부끄러운 세상이 되면 좋겠다

988

성공한 사람은
자기의 힘만으로 이뤘다고 생각하기 쉽다,
그렇게 생각하는 사람에게 비난이 기다린다

989

물속에서 흘린 땀방울은
보이지 않는다,
세상은 이런 땀방울이 움직인다

990

마음이 공중에 떠서 허둥댈 때
다리를 땅에 견고하게 딛고
다잡지 않으면 모든 게 날아가 버릴 수도 있다

991

책을 읽다 보면 잊었던
추억들이 살아난다,
저자가 나 대신 기억해 준 덕분이다

992

방아깨비가 날아와서 손등에 앉는다,
그래 인연 없는 게 어디 있겠니? 고맙다

993

사람은 제 뜻대로 되지 않을 것을
알면서도 욕심을 부린다

994

느낌에서 관계가 시작되고
관계에서 좋은 인연으로 발전한다

995

무너지지 않는 게 있던가?
울릉도 거북바위가 무너졌다,
내 마음도 무너진다

996

문학은 사람을 뻔뻔하게 만들 때가 있다

997

사람이 만든 길은
사람이 다니고
달과 별이 만든 길은
달과 별이 다닌다

998

감나무는 자기가 약골인 것을 안다,
겨울이 오기 전에 뿌리에 잎을 덮는다

999

하느님이
모든 생명체에게 병과 죽음을 준 것은
생명의 소중함을 일깨우게 하려 한 것이다.

1000

돌아서서 생각해 보니
어제가 나를 오늘로 밀고 왔다,
기쁜 일이든, 슬픈 일이든
잘한 일이든, 잘못한 일이든
다 나를 만든 조력자였다

고추잠자리